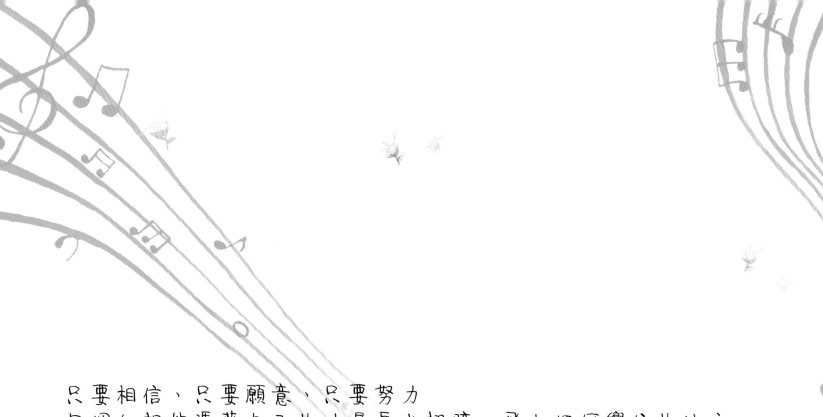

只要相信、只要願意、只要努力
每個人都能憑藉自己的力量長出翅膀，飛向任何嚮往的地方。

"Snhyun ta'. Smwayal ta'ru, Syan ta' rngu' lga,ana ta' íma' ga,Stkahul ta' sa rngu' ta' nanak pkzhtu' Squ pali',Pthuzyay ta' mlaka' ru ana inu' i Kya qu Sngusun ta' ga,mawsa' ta' thkan musa.'"

依雲鳥的翅膀

傳說很久以前，有一群人由賓沙布甘遷徙至新竹縣尖石鄉的馬胎部落。

在那裡有一座拿互依雲島。

這座雲島上面，有一對非常美麗的翅膀。

大大的翅膀，總是帶著拿互依雲島四處翱翔。

所到之處，也總是落下一朵又一朵紫色的霍香薊。

雲島上的泰雅族人，過著非常幸福的生活。

Kya qutux qu pinnawngan Kay' maha: bsyaq bsyaq sraral mga,Kya qutux glu na 'Tayal minkahul Pinsbkan, mshzi' musa' tay Matuy Ka Cyux lingay na Nahuy. Kya qutux qu Sawn naha'"qalang na yulung Nahuy"Cyux Kya.

maki' Squ qalang na yulung Nahuy qasa ga,Kya

qutux qu baytunux balay na pali',taqu Krahu' na pali' Kasa ga,mutux nya' rsrasun mlaka' ana inu' qu qalang na yulung Nahuy. Kya qu innwahan naha' ga,mutux htagan na baytunux balay na phpah Ka blaq Sawkan.

Kwara' Ka 'Tayal Cyux maki' Squ qalang na yulung Nahuy ga,mthlhay law ru blaq balay qu qnxan naha'.

然而，有一位居住在巴里斯部落的邪惡巫師姆逆，
非常忌妒拿互依雲島的美好與幸福。
於是趁著族人舉行祖靈祭的時候，將雲島的翅膀偷走。

ana ga,Kya qutux qu yaqih balay na mhuni' Cyux maki' sa qutux qalang ka sawn
Paris. Sin'basun nya' iyal qu Kinblayqan qnxan nqu qalang na yulung Nahuy. ru
strang nya' Squ pslkawtas qu qalang Kasa ga. halan nya' mkinhyu' mquriq qu pali'
nqu qalang na yulung Nahuy.

失去翅膀的拿互依雲島，也失去了昔日的自由與歡笑。
族人們開始過著辛苦的生活。
於是，島主馬庫斯在gaga儀式裡，很虔敬的請求祖靈協助，
希望有一日，能至巴里斯部落尋回拿互依雲島的翅膀。

taqu qalang na yulung Nahuy Kasa ga,aring sa wal mgzyuwaw qu pali' naha' lga. Wal Si Kawngat uzi qu
Pinthaylaw naha' ru pinsaysyaq naha' la！ min_gyut m'buk qu qnxan naha' uzi la！
nanu' yasa qu, skbalay gaga' nqu mrhu naha' ka sawn Makus,S'inblaq nya' taygalu' squ yaba' utux mwah rmaw
laha',Kmwa' nqu Kya qutux ryax thuzyay musa' qalang na Paris. aki' halan magal qu pali' naha' ka wal spquriq.

ryax Kasa ga,nyux si zhtu' qutux qu minnanak na snyaxan minkahul babaw Kayal. mwah mbzyaq qutux qu utux Knayril Ka Sawn Wagi' ru Sazing baytunux na mkrakis ka sawn Wasiq ki Rimong.nyux maras squ pin'aras Kay' na yaba' utux, mwah psbaq squ 'Tayal Ka nyux makl' qalang na yulung Nahuy,psbaqan naha' maha ! ani stkahul sa mqwas smlawkah squ rngu' mamu,ru pqbaq squ ksyu rngu' na utux.

Taqu mrhu Makus Kasa lga,s'agal nya' squ spzyang mawtux na mlikuy nqu qalang naha' ka sawn Amin,lawsing ru Pusing. laha' cyugal hi' musa' plawa' smli' squ mawtux na laylaqi' mwah mqbaq mqwas ru mqbaq squ minnanak na rngu'.

這時，天空中突然出現了一道極光。
降下了Wagi女神和Wasiq、Rimong仙女。
她們接受祖靈的指示，
來到拿互依雲島教導族人要以歌唱來強壯自己的力量，並且學習魔法。
於是馬庫斯島主，請了族裡最英勇的Amin、Lawsing、Pusing三位將士，
號召一群勇敢的小朋友們來接受歌唱與魔法訓練。

min'aring hga,ini' si baqi na laylaqi' maha mawsa' hmswa' kinkrahu' qu rngu' na mqwas. ana uzi ga,sk'uy balay qu si tryax mqbaq mqwas,ini' qbaq maniq mayluh na qnaniq Yu tlaka', gi skzyagih na qawlu',ru si naha' ssluy alax,ini' ga si sulu' ppgyay . ana ga,qngzyatun naha' mqbaq qutux qutux ryax lga,in_ gyutun naha' baq maha；ini' hngaw mqbaq mqwas ga ming_yut min_gyut hmbku' qu pali' ka baq mlaka' mhtu sa turu' naha', ru pr'agan rngu' na utux uzi la！nanu' yasa qu in_gyutun naha' smawzya' qu mqwas la！

12

剛開始，小朋友們不覺得歌唱有甚麼神奇的地方。
甚至會因為練習很辛苦，又不能吃辣椒或冰涼，
會傷害喉嚨的食物，而想要放棄，或者逃跑。
但是在鍛鍊中，小朋友們漸漸發現自己因為努力歌唱，
而長出了會飛的小翅膀與神奇魔力，便開始喜歡歌唱了。

馬庫斯看見小朋友們，一個個被鍛鍊成會飛又有魔法的小勇士時，
便決定帶領大家出發去尋找拿互依雲島的翅膀。
馬庫斯遵照靈鳥西西列克的占普。
將酒灑於地上稟告祖靈，並虔敬地請祖靈天神保佑他們這一路上平安。
族裡的人們，也紛紛獻上自己的心意與祝福。

14

Ktan ni mrhu Makus qu laylaqi' nyux min_gyut baq mlaka' ru glgan minnanak na rngu' uzi, ru min_gyut mawtux qu inlungan naha' lga,mhtu qu inlungan nya' maha：aki' rasun qalan na Paris ru halan magal qu pali' ka wal qriqun nqu mayParis.

S'agal gaga' ni Makus mrhu musa' minpung qwas na siliq.bciqan nya' qwaw qu rhzyal taygalu' squ lkawtas,msina' squ ginnalu' na yaba' utux maha：klahangi sami ru aki sami minblaq tayhuk squ hhalan myan；kwara' qu glglu naha' ga wal naha' spngsa' kwara' uzi qu inlungan naha' ru msina' qawzyat.

Yasa si naha' glgi qu hnutaw na pali' ka baytunux balay na phpah ka blaq sawkan,ru tayhuk squ qalang ka sawn "Klalang" qu mawtux na laylagi' kasa la！

Kwara' qu ngasal、phpah、qqhuniq、trakis ru kwara' pinmuhi' na qalang qani ga wal suqun tmpik qmpul la, nyux smbil krahu' na rapar kakay tay rhzyal na'.

aw' bag sa sawzyan nqu sawn Halus ka hmzinas kinkrahu' na 'tayal qu "Klalang" ka baytunux ru cinmuzyaw na qalang qani,ru nyux si cingwazya' maki' sqani la！

ana ga,kawngun balay na Mlayklalang qu Halus ru wal mgyay tlqing tay lxyux na lhlahuy kwara' naha' la！

依循著翅膀沿途落下的紫色藿香薊，小勇士們來到了村莊噶拉蘭。

這裡的房子，花草樹木，小米田都被踩扁了。

地上，還留有非常巨大的腳印。

原來，是因為大巨人哈路司太喜歡噶拉蘭了，而決定留在這裡生活。

然而噶拉蘭的族人們卻非常害怕哈路司，

而紛紛躲進山洞裡避難。

拿互依雲島的小勇士們知道噶拉蘭族人心中擔憂的事情之後，
便決定以歌聲與魔法來幫助他們回到自己的部落，並恢復原來平靜的生活。
這一天，小勇士們做好了準備，來到山頂以歌聲引誘哈路司過來。
並且和他說：「我們現在在山上打獵，等一下會把獵物全部送給你喔！」
大巨人聽到後很高興的回應：「那我會張開大大的嘴，在山下等你們把獵物丟下來喔！」
於是哈路司，便張開大大的嘴在山下等待。

baqun na mawtux na laylaqi' minkahul qalang na yulung Nahuy maha nanu' qu nyux s'nkux nqu mayklalang lga,lmnqlung maha: r'agay ta',ru aki' msbzinah lawzi
maki' sa qalang naha' nanak,aki' iyan sraral kinblaq qnxan naha',maha qu inlungan na laylaqi kasa.
ryax kasa ga,tmasuq mtwaywaring kwara' qu mawtux na laylaqi' la,mintta' squ b'bu' rgyax ru cyux naha' tayqrgun qu krahu' na 'tayal ka sawn Halus kasa.
Kyalun naha' qu krahu' na 'tayal kasa maha: "nyux sami mwah qmalup,kira' ga,bqanay myan isu' kwara' qu bnu' myan',''' pawngan nqu krahu' na 'tayal kasa qu kay'
naha' lga,maymaw mzimu' kmal maha: "nanu' psi saku' 'ngaqa' nqwaq mnaga' simu,n_gaw simu tay mkyahu',kya qu bnu' mamu ga blngani tay mkyahu' ki！" taqu
krahu' na 'tayal ka sawn Halus kasa ga , cyux si 'ngaqa' nqwaq mnaga' kya uru la！

結果，拿互依雲島的小勇士們，
便將一塊又一塊的土堆丟進 了大巨人哈路司的嘴裡。
讓他嚇了一大跳，
就跳進了小勇士們先前挖好的大地洞裡。

ini' kbsyaq lga,s'agal uraw nqu mawtux na laylaqi ka minkahul qalang na yulung Nahuy,ru tkrawn naha' sa nqwaq ni Halus,mnkux qu Halus ka krahu' na 'tayal kasa ru aki' mgyay lga,musa' tgzyup squ bling ka cinnama' kmihuy nqu mawtux na laylaq' kasa la！

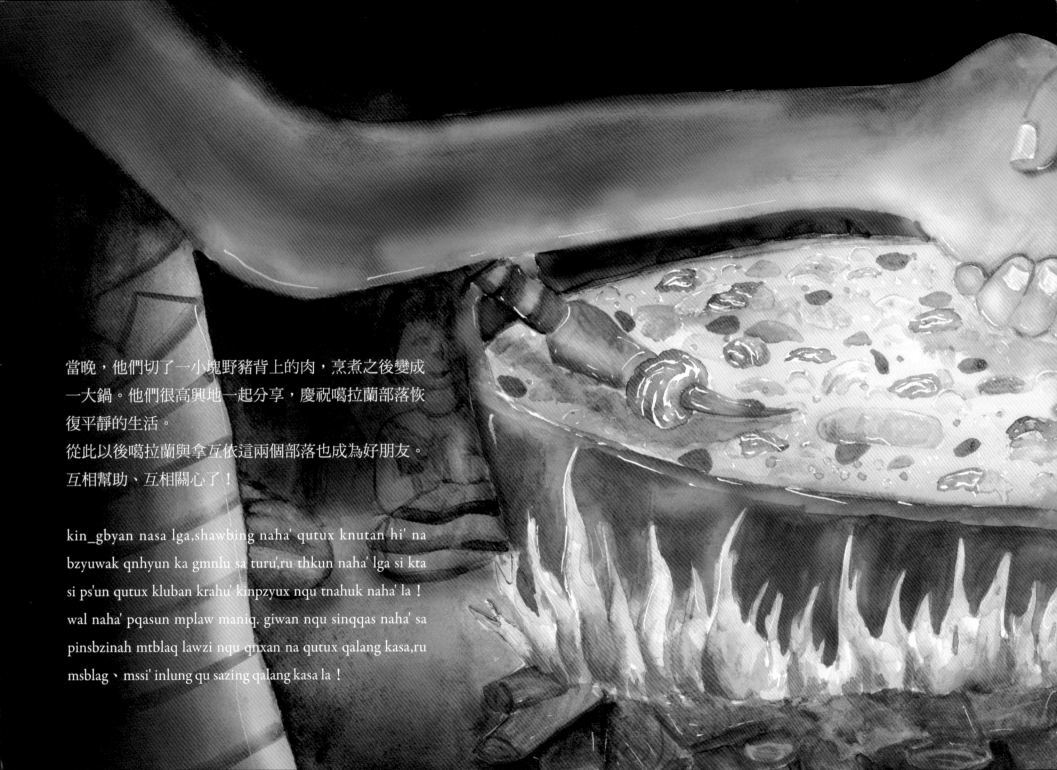

當晚，他們切了一小塊野豬背上的肉，烹煮之後變成
一大鍋。他們很高興地一起分享，慶祝噶拉蘭部落恢
復平靜的生活。
從此以後噶拉蘭與拿互依這兩個部落也成為好朋友。
互相幫助、互相關心了！

kin_gbyan nasa lga,shawbing naha' qutux knutan hi' na
bzyuwak qnhyun ka gmnlu sa turu',ru thkun naha' lga si kta
si ps'un qutux kluban krahu' kinpzyux nqu tnahuk naha' la !
wal naha' pqasun mplaw maniq. giwan nqu sinqqas naha' sa
pinsbzinah mtblaq lawzi nqu qnxan na qutux qalang kasa,ru
msblag、mssi' inlung qu sazing qalang kasa la !

這一天，拿互依雲島的小勇士們經過尼老樹森林，卻聽見森林裡傳來哭泣的聲音。

原來是巨鷹族的女孩阿利，被父母要求在一天之內，必須織出一百匹織布。

阿利不眠不休辛苦的織了一整天，仍然沒有完成父母的交代。

Kya qutux pyax, krazyas squ lhlahuy na Nilawsu' qu mawtux na laylaqi'
minkahul qalang na yulung Nahuy. Pawngan naha' hazi' kya qu cyux
mngilis,aw' baq sa qutux 'laqi' knayril na mayKwali' ka saun Ali',tnu' ni yaba'
yaya' nya maha: siki suqun su tminun qutux ryax qu kbhul pala',ana maymaw
ini' abi' ru ini' hngaw tminun ana cikuy qutux ryax kasa ga,ini' nya' balay
pthki tminun qu snawnan ni yaba' 、 yaya' nya' ru si ngilis la !

拿互依雲島的小勇士們很同情阿利的遭遇，
便一同以美妙的歌聲對布匹施展魔法。
不一會兒，一百匹織布便完成了。

sgalu' nqu mawtux na laylagi' ka minkahul qalang na yulung Nahuy
qu Ali',spqwas naha' blaq pawngan na qwas ru hbgan naha' na
minnanak na rngu' qu pala',ru misu balay ga tayhuk kbhul qu tninun
nya' pala' la!

阿利非常感謝小勇士們的幫忙，願意展開大大的巨翅，載送他們到遙遠的巴里斯部落尋找拿互依雲島的翅膀。

巴里斯部落的邪惡巫師姆逆，知道了小勇士們即將要來的消息。便施展了最強大最邪惡的魔法，讓小勇士們全部失去了聲音。

並派出邪惡之鳥呼逆攻擊飛翔中的阿利。

pqasun balay ni Ali'qu rnaw nqu mawtux na laylagi' kasa,ru swalan nya ptgyah qu pali' nya' krahu', spanga' nya' kwara' naha' musa' squ twahiq balay na qalang ka cyux ki'an nqu mayParis, musa' hmkangi' squ pali' nqu qalang na yulung Nahuy.

baqun ni Muni' ka mhhuni' nqu qalang Paris maha mmgwah qu mawtux na laylaqi' kasa lga,phtgun nya' qu spzyang balay krahu' na rngu' nqu huni' nya', wal nya' galun kwara' qu hngzyang na qawlu' naha', ru pawsun nya' qu spzyang balay yaqih na qbhniq nya' ka sawn "Huni'" musa' smilay tmucing squ Ali' ka cyux mpanga' squ mawtux na laylaqi'.

就在巨鷹阿利被攻擊得快要撐不住墜落山谷時，
拿互依雲島的盟友噶拉蘭族人乘著飛蟒前來搭救，並一起抵抗邪惡之鳥呼逆的攻擊。
於是，他們擊退了呼逆。

tmrang si sulu' pshutaw qu Ali' ka krahu' na kwali' cinringan smilay mihi nqu Huni' lga, tayhuk qu
mayKlalang ka rangi' nqu qalang na yulung Nahuy la, nyux tpanga' squ mqu' krahu'ka baq mlaka',
mwah rmaw laha', wal naha' kr'agan smawsaw qu yaqih na qbhniq ka sawn Huni' kasa la！

一直守護小勇士們的靈鳥西西列克，也在此時飛到了小勇士們的手上，將最美妙的歌聲傳送給他們。於是，拿互依雲島的小勇士們便恢復了歌聲，恢復了魔法，也恢復了飛翔的能力。

ini' kbsyaq lga, nyux min_gaygyut tayhuk kwara' uzi qu saysiliq ka yasa iyat minshriq mlahang squ mawtux na laylaqi',la spqwas naha' squ hzyuci' balay pawngan na qwas lru min_gyut mwah qu qawlu' naha' ru baq mqwas la, ru mhtu uzi qu minnanak na rngu' naha' uzi la, ru mttuliq uzi qu qpzing naha' ru bag mlaka' lawzi la!

在噶拉蘭族人的協助下，小勇士們與邪惡之鳥的激戰獲得了勝利。

邪惡巫師姆逆趁著戰亂中，抱著拿互依雲島的翅膀往邪惡城堡跑去。

島主馬庫斯也一路的追趕過去。

ulung wahan rmaw na mayKlalang ru wal naha' thzyazyun tmakuy qu Paris ka yaqih na

qbhniq, laha' qu wal lmaqux, taqu yaqih na mhhuni' ka sawn Muni' kasa hiya' lga, wal nya si

gba qu pali' nqu qalang na yulung Nahuy ru yasa iyat minrangaw wayal mgyay tay yaqih na

galang, ru wal tpcingan mhzyaw ni Makus ka mrhu nqu qalang na yulung Nahuy.

就在他們追趕的途中，邪惡巫師姆逆一不小心掉到非常深的山谷間，
但馬庫斯卻一把拉起了他。
只見拿互依雲島的翅膀，從邪惡巫師姆逆的手裡滑落，
直直地墜落萬丈深谷底。

Tmrang bhzyagun naha' qu yagih na mhuni' ka Muni' ga, mqqawh iyal mqzinah
qu Muni' lru wal mshutaw sa ubah ka zzik balay na uru la! ulung mthlhaylaw ru
gmalu' qu inlungan ni mrhu Makus, shngan nya' ru psklgan nya' la! ana ga, taqu
Pali' ka bning nqu Muni' hiya' lga, wal mshutaw squ zzik balay na uru la!

就在此時，天空中突然出現了一道美麗的彩虹。
只見拿互依雲島的翅膀輕盈地由谷底升起，朝向彩虹飛去。
一朵朵紫色的藿香薊，也由空中飄落下來。

misu balay lga, si kta qu nyux mkzhtu qu mtasaw ru baytunux na hawnqu' utux, taqu pali' nqu qalang na yulung Nahuy kasa

hiya' lga, nyux mslhbaw mlaka' mkrkyas aring zik na uru, wayal mkura' tay hawngu' utux, pshtagun nya' qu phpah na blaq balay

sawkan na k'man, 'nyal mkahul sa babaw kayal mshayhway mlaka' mshutaw.

拿互依雲島的小勇士們，並沒有感到特別失望。
因為，他們在尋找拿互依雲島的翅膀的旅程中，
也同時尋找到自己的力量與勇氣。
而這對經由努力所生出的翅膀，將會讓拿互依雲島的小勇士們，
在未來的生命旅程裡，飛向更高更遠的地方。

ini' inpzyang mshutaw inlungan nqu kwara' mawtux na laylaqi ka minkahul

qalang na yulung Nahuy.

yalaw gi, tmrang maki' squ ska' tuqi na "awsa' naha' hmkangi' squ pali' naha'

ga, wal naha' 'lwan uzi qu qpzing naha' ru kinmawtux naha' la.

創作緣起與致謝

這部音樂繪本的創作與撰寫，
緣起於一份心底最深的感動……

2017年11月，本人因為參與策劃由仁易靈芝國際股份有限公司主辦，於國立藝術館南海劇場的第十七屆「思源尊親」音樂會，而與新竹縣尖石鄉馬胎部落的嘉興國小義興分校合唱團開啟了這段美好的緣份。

猶記那日音樂會結束前的大合唱，我們一同演唱了土地音樂人紀淑玲老師的作品〈細說濁水溪〉。

歌詞裡「走過一山又一山，攀過一嶺又一嶺，不願休息的歌，一心找尋海洋的寬闊……」，義興分校合唱團孩子們的歌聲，嘹亮悠揚迴盪於全場每一位聽眾的心中，並深深感動於這份來自馬胎部落山林間的天籟純粹～

2018年6月，這首不願休息的歌，走過一山又一山，攀過一嶺又一嶺，找尋海洋的寬闊，唱響了世界的舞台。嘉興國小義興分校合唱團於維也納第31屆舒伯特合唱競賽，在眾多國際團隊中脫穎而出，拿到了最高榮譽的金質獎與評審團特別獎。讓全世界聽見了來自台灣泰雅族馬胎部落的好聲音。

其中，評審團裡的西班牙籍評審，更給予嘉興國小義興分校合唱團極高的評價「其合唱團音色極富色彩、宏亮又充滿生命力」。

但在這撼動人心的歌聲背後，卻是孩子們艱辛強韌的成長經歷……

一度面臨的廢校危機、2/3的孩子來自單親與隔代教養，買不起的旅行箱與湊不出的旅費……孩子們原來是在如此辛苦的環境下成長。

然而嘉興國小與義興分校，卻有一群默默奉獻的師長，不畏辛苦地帶領著孩子們練習歌唱。陪伴他們構築美麗的夢想，為他們點亮生命之光、看見未來的希望……

於是在這築夢的旅程裡，合唱團的孩子們一點一點地長出了屬於自己的小小翅膀，茁壯了自己的力量。不僅啟發歌唱上的潛能、也建立了良好的常規、紀律與學習態度。更透過音樂的學習，找到自己、找到興趣、豐富生命，變得更加有自信。

2018年8月，嘉興國小與義興分校共同組成「拿互依&馬胎合唱團」。2019年7月，合唱團更於德國第11屆布拉姆斯國際合唱競賽獲得青少年組與民謠組雙料金質獎及大會特殊表現獎。再次站上國際舞台，為國爭光。

繪本撰文期間，感謝嘉興國小與義興分校的徐榮春校長、李衛民主任、李俊德主任，張貞英主任、黃怡嘉主任、藍信翔組長、田慧卿組長、謝馨蓮老師、張曜羣老師等師長們的協助與指教。感謝玄奘大學藝術與創意學系謝明勳教授帶領學生們在繪圖製作上的奉獻與付出。感謝泰雅耆老張山居教授與陳玲老師在母語翻譯上的鼎力協助。感謝晉杰國際有限公司林晉紘導演率領團隊的影音紀錄。感謝仁易合唱團陳玟君總幹事與全體團員們的支持陪伴。感謝祥大科技股份有限公司及其名下關係企業在製作經費上的全力支援。

因為有大家的這份無私分享與付出，才得以讓這部洋溢泰雅文化，充滿人文樂音、愛與勇氣、生態保護議題的繪本分享傳送。

「只要願意、只要相信、只要努力，每個人都能憑藉著自己的力量長出翅膀，飛向任何嚮往的地方。」

關於拿互依雲島的「翅膀」：國家級瀕危珍奇植物——金毛狗蕨

我們撰寫繪本期間，赴嘉興國小與義興分校做故事的場景紀錄。卻在幽靜的山嶺小徑間，乍然見到這只美麗的羽翅。細密整齊排列的羽葉，輕盈優雅地停歇於山壁上，如同一只巨大的翅膀。因為正值春季，羽葉下則開滿了一朵朵紫花霍香薊，非常夢幻也非常浪漫。後來經過查詢，才得知這只美麗的羽翅原來是國家級瀕危植物：金毛狗蕨。

義興分校李衛民主任曾告訴我，部落裡因為雲霧繚繞，土壤肥沃加上濕度夠，在過去曾有許多美麗珍奇的蕨類，但卻遭到不斷地盜採，防不勝防。我心裡想，這次與金毛狗蕨的相遇應該不是偶然……，也許它是想藉著這個故事要我們好好珍惜與保護它，讓國家級瀕危植物「金毛狗蕨」能平安的留在棲息地上繼續繁衍。

繪本故事撰寫完畢後，我還想去拜訪「拿互依雲島的翅膀」時，卻怎麼也找不到它了……

嘉興國小暨義興分校合唱團的故事

經授權擷取自 2018.8.20《鏡週刊・鏡相人間》

從窮到沒錢出國到一舉奪金，在歐洲舞台上贏得金質獎和特別獎，這個偏鄉合唱團瞬間獲得了全台注目。嘉興國小義興分校全校只有21人，除了1年級新生，每個孩子都是合唱團成員。

這個光亮奇蹟的夏天，我們走訪位在新竹縣尖石鄉泰雅族的馬胎部落。山裡沒有才藝補習班，沒有暑期夏令營，有的孩子是家扶兒，利用放假上山採摘水蜜桃變賣；有的孩子父母離異，三餐全靠高齡奶奶在後院種菜才有飯吃，部落日常生活仍在暗影中，但現實環境阻擋不了夢想的腳步，他們還要繼續唱，繼續走向世界。

范仲瑋一雙大眼晶晶亮亮，皮膚黝黑，身材瘦小。11歲的他熱愛田徑，跳高、跑步都是強項。這天早上是暑假尋常一日，他剛練完暑期集訓例行訓練，又輕輕鬆鬆地接連跳過6個間距1公尺以上的圓環，身手矯捷，但他腳上穿的是一雙雜牌運動鞋。天資優異，卻沒有足夠資源。

義興分校合唱團2018年6月在維也納「舒伯特國際合唱競賽」，獲得金質獎和特別獎。（經授權翻拍自網路）

義興分校合唱團2018年6月在維也納「舒伯特國際合唱競賽」，獲得金質獎和特別獎。（經授權翻拍自網路）

旅費不足　捐款踴躍

范仲瑋頑皮又叛逆，只喜歡跑步，是老師口中的問題人物。2016年學校成立合唱團，全校僅21人，扣掉年紀太小的5名一年級新生，每個人都要加入，一個也不能少。范仲瑋一開始唱歌時音準飄渺，總是嚷嚷著：「我就是不喜歡唱歌，為什麼要逼我練合唱？」改變契機是練習布農語〈收穫歌〉時，他自告奮勇爭取獨唱的機會，比其他同學更快背好布農語歌詞，老師同學們不斷鼓勵，對他讚譽有加，他不只變得愛唱歌，自信提升，連交作業也變得準時了。

去年底，嘉興國小義興分校校長徐榮春把合唱團練唱影片寄到維也納，幫學生報名，準備帶他們去奧地利維也納參加比賽。但是，整個部落有三分之二的家庭是單親、隔代教養，既拿不出旅費，連行李箱也買不起，1個孩子的旅費粗估要8萬元，該怎麼辦？徐榮春打算著：家庭自行負擔1萬5,000元，其餘款項則用募資。幸好經媒體報導，有人捐行李箱、有人贊助機票、有人送團服，最後湧進善心捐款七百多萬元，遠遠超出預期。指導老師謝馨蓮記得：「那天上完課，辦公室電話一直響，手機一直震動，回訊息到半夜12點多還回不完，大家都在問要怎麼捐錢？本來很擔心無法成行，那時才覺得好像有希望了，一群小朋友的努力終於被大家看見。」

其實合唱團成立只有短短2年，孩子們原本看不懂五線譜，以為只要唱得大聲就是好，是老師耐心一句句帶唱，將音符刻在腦海裡，憑著絕佳音感，才慢慢明白合唱是互助合作，聲部間和諧唱和；也曾經因為自卑而不敢開口，非常害怕上台。主任李衛民回憶合唱團成立之初：「孩子會退到後面，也有孩子參加英語演講競賽，講到一半就講不下去了。我們希望藉由音樂找到孩子們的自信，最近一連串比賽、表演，小朋友非常有自信，馬上就知道要做什麼。

認識音樂　多元面貌

第一次出國就得了金牌，那像是一次奇蹟夢幻之旅，還會有第二次嗎？校長徐榮春說，現正計畫讓嘉興國小本校和分校的合唱團一起合作，明年夏天，準備去德國參加比賽。范仲瑋的樂譜上做滿了強弱、快慢等不同記號，還寫下：「要出國，加油！」等為自己打氣的字句。暑假過後，范仲瑋即將升上六年級，他期待新來的轉學生，期待合唱團練習，更期待明年夏天再次出國。

嘉興國小暨義興分校合唱團2019年7月在德國「第11屆布拉姆斯國際合唱競賽」，獲得青少年組與民謠組雙料金質獎和大會特殊表現獎。（經授權翻拍自網路）

嘉興國小暨義興分校合唱團2019年7月在德國「第11屆布拉姆斯國際合唱競賽」，獲得青少年組與民謠組雙料金質獎和大會特殊表現獎。（經授權翻拍自網路）

從夢幻回到現實，時間是下午，部落裡的長輩們聚集在一起，喝些酒，唱幾首卡拉OK。校長徐榮春說：「在部落，唱歌跟喝酒常常扣在一起，部落的孩子其實都是很好的歌唱家，但能唱的都是卡拉OK，我覺得很可惜。」學校裡的音樂課一週三

嘉興國小暨義興分校合唱團

節，加上合唱團體訓練，打開孩子們對音樂的認識與想像，「他們會知道音樂其實很多元，將來的生命也可以很多元。當他們聽見自己的聲音可以和諧地合在一起後，會知道自己做了很不一樣的事，藉由幾次表演、比賽，他們的聲音被別人聽到，我很清楚觀察到，他們跟以前不太一樣了。」校長徐榮春說。

究竟哪裡不一樣，一時之間也說不清楚。後來我們訪問了范仲瑋的班導師兼音樂老師黃怡嘉，她說，范仲瑋開始會去圖書館借音樂家傳記來閱讀，去維也納時還買了音樂盒，打開是貝多芬的第九號交響曲。或許，當他偶爾打開音樂盒，像是轉動一把通往世界的鑰匙，傳出來的是夢想的聲音。

Once upon a time, a group of people migrated from Binshabugan to the Matai tribe in Jianshi Township, Hsinchu County. There was a Cloud Island called Nahuyi. There was a pair of exquisite wings on the Cloud Island. These giant wings would fly Nahuyi Cloud Island everywhere. And wherever they visited purple floss flowers would drop one by one. People of the Atayl tribe lived blissfully on the Cloud Island.

Having lost the wings, the people of Nahuyi Cloud Island lost their carefreeness and happiness, and were faced with plight. Thus, island chief Makusi religiously begged for the help of the ancestor's spirit Utux during the Gaga ritual, hoping to retrieve the wings of Nahuyi Cloud Island from Balisi one day.

At the beginning, the younglings did not think much of singing; in fact they were even tempted to give up or run away because of the hard training, and they were banned from eating things that could harm their voices. But with each training session, theygradually realized that they were growing little wings and incredible magic powers as they dedicated to singing. One by one they grew to love singing.

However, Mhuni the evil wizard who lived in Balisi was green with envy that all were happy and well on Nahuyi Cloud Island. So he stole the wings of the Cloud Island while the tribe was holding their ancestor worship.

At this moment, an aura suddenly appeared in the sky, and Goddess Wagi descended with two fairies, Wasiq and Rimong. By order of the ancestor's spirit, they have come to Nahuyi Cloud Island to teach the tribe about singing to strengthen their powers and about magic. So island chief Makusi assigned the bravest men among the tribe, namely the three warriors Amin, Lawsing and Pusing, and gathered brave younglings to receive training in singing and magic.

Seeing the younglings were trained into flying, magic-casting young warriors, Makusi decided it was time he led them to find the wings of Nahuyi Cloud Island. Makusi followed the divination by Xixilieke the sacred bird. He poured wine on the ground to pray to the ancestor's spirit for blessings of a safe journey. Others in the tribe offered their best wishes.

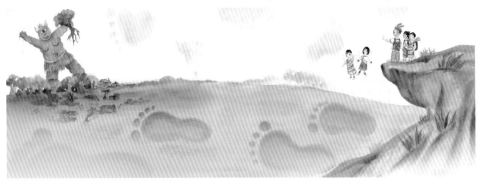

Following the path of the purple floss flowers scattered by the wings, Makusi led the young warriors to a village called "Gelalan." Everywhere there were houses, flowers, grass, trees, millet fields, all stomped and crushed. There were gigantic footprints on the ground. It turned out that Halusi the Giant was so fond of the prosperous, beautiful village of Gelalan, he decided to settle here. However, the Gelalan tribe was terrified of Halusi the Giant and had taken refuge in caves.

The young warriors then dumped lumps of soil into the mouth of Halusi the Giant, which startled him so much he jumped straight into the pit the young warriors had dug in advance.

One day, the young warriors of Nahuyi Cloud Island were passing by the Nilaoshu Forest when they hear someone crying in there. It was girl named Ali from the Giant Eagle tribe. His parents had ordered him to weave a hundred bolts of cloth, but after working restlessly for a whole day, Ali still could not complete the task his parents had assigned.

Upon learning about the distress of the Gelalan tribe, the young warriors of Nahuyi Cloud Island decided to help them restore their peaceful life with songs and magic. On this particular day, the young warriors prepared themselves, and lured the Giant up to the mountaintop with their singing. Then they told him, "We are hunting in the mountain, we will give you all our catch when we are finished!" The Giant was very pleased and replied, "Good, then I shall await your catch by the foot of the mountain!" So he waited at the foot of the mountain with his mouth wide open.

That night, they cut a small piece of meat off a boar's back, and cooked a big pot of food in celebration of the restoration of peaceful life for the Gelalan tribe. The tribe have been allies with Nahuyi Cloud Island ever since.

The young warriors of Nahuyi Cloud Island sympathized with Ali, and cast magic on the cloth with their beautiful singing. A hundred bolts of cloth were quickly completed.

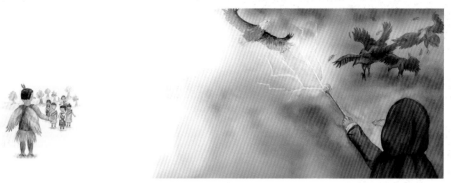

Ali heartily appreciated the young warriors' help, so he offered to spread his huge wings and carry them all the way to Balisi to search for the wings of Nahuyi Cloud Island. Mhuni the evil wizard of Balisi learned of the approaching of young warriors, so he cast the most powerful evil magic, which took the voices of all the young Nahuyi warriors. He then sent Huni, the bird of evil, to attack Ali mid-air.

Xixilieke the sacred bird, who had been quietly guarding and staying by the young warriors, flitted from the hands of one young warrior to another, passing to them the most beautiful voice. Thus the young warriors of Nahuyi Cloud Island finally regained their voices, magic and the ability to fly.

As they were chasing, Mhuni the evil wizard accidentally fell into a deep, steep valley, but Makusi pulled him out. Alas, the wings of Nahuyi Cloud Island slipped from the hands of Mhuni, then fell straight into the depth of the deep valley.

Just as Ali was bombarded and about to crash into a valley, the Gelalan tribe, ally of Nahuyi Cloud Island, came to the rescue on a flying serpent. Together they fought against the bird of evil, Huni.

With help from the Gelalan tribe, they won the final victory in the fierce battle with the evil bird of Balisi. Mhuni the evil wizard took advantage of the chaos of war, carried the wings of Nahuyi Cloud Island and ran relentlessly towards the castle of evil, while the islandchief Makusi chased along.

Suddenly, a beautiful rainbow appeared in the sky. The wings of Nahuyi Cloud Island ascended lightly from the bottom of the valley and fluttered towards the rainbow. Purple floss flowers fell from the sky.

The young warriors of Nahuyi Cloud Island were not especially disappointed. Because during their expedition in search of the wings they also found their own strength and courage. The tiny wings they grew with constant efforts will lead the young warriors to fly higher and farther down the journey of life.

拿互依雲島的翅膀

作　　者　寧芙（倪宇萱）

校　　對　寧芙（倪宇萱）

繪　　者　林欣緣、劉久維、謝明勳

泰雅翻譯　張山居、陳玲

專案主編　林榮威

出版編印　吳適意、林榮威、林孟侃、陳逸儒、黃麗穎

設計創意　張禮南、何佳誼

經銷推廣　李莉吟、莊博亞、劉育姍、李如玉

經紀企劃　張輝潭、洪怡欣、徐錦淳、黃姿虹

營運管理　林金郎、曾千熏

發 行 人　張輝潭

出版發行　白象文化事業有限公司

　　　　　412台中市大里區科技路1號8樓之2（台中軟體園區）

　　　　　出版專線：（04）2496-5995　　傳真：（04）2496-9901

　　　　　401台中市東區和平街228巷44號（經銷部）

　　　　　購書專線：（04）2220-8589　　傳真：（04）2220-8505

印　　刷　基盛印刷工場

初版一刷　2019年9月

定　　價　350元

缺頁或破損請寄回更換

版權歸作者所有，內容權責由作者自負

國家圖書館出版品預行編目資料

拿互依雲島的翅膀／寧芙（倪宇萱）著. --初
版.--臺中市：白象文化，2019.9
　　面；　公分
ISBN 978-986-358-872-6（平裝）

863.59　　　　　　　　　108012731

白象文化　印書小舖　出版・經銷・宣傳・設計
www.ElephantWhite.com.tw　f 自費出版的領導者　購書 白象文化生活館